FRITZ SCHÖNPFLUG - AUS DER GESELLSCHAFT

FRITZ SCHÖNPFLUG

Aus der Gesellschaft

Mit einer Einführung und Erläuterungen
von Ulrich Ewald

Herausgegeben von Minna Pixner

Edition Tusch Wien

Buch- und Kunstverlag Ges.m.b.H., Wien
Satz und Druck: Tusch-Druck, Wien
Reproduktionen: Angerer & Göschl, Wien
Bindung: Konrad Pitsch, Wien

ISBN 3-85063-069-2

Aus der Gesellschaft - das war eine ständige Rubrik in den „besseren“ Blättern der Donaumonarchie und wahrscheinlich ganz Europas. Diese Gesellschaft gab es wirklich, wenn auch nicht nur in der Einzahl, denn das Wort war schon damals mehrdeutig: Von der „ersten“ (der hochgeborenen) Gesellschaft, die sich »société« nannte, bis zur „G'sellschaft“ führt den soziologisch Interessierten ein weiter Weg durch zahlreiche Schichten, die sich selbst als Einheiten empfanden und deutlich gegeneinander abgrenzten. Gleichwohl war Mobilität als Drang „nach oben“ vorhanden, allerdings meist mit Opfern verschiedenster Art verbunden („Vernunft“-Ehen, entbehrungsreiches Hinaufdienen im Beamten- oder Militärdienst oder die politische „Ochsentour“, seit es in „Cisleithanien“ ab 1907 ein allgemeines Wahlrecht für Männer gab). Belletristik und Memoirenliteratur zeugen dafür und verdanken diesem Umstand sogar oft ihren Publikumserfolg. Die geglückte oder verhinderte Karriere spielt darin immer eine Rolle.

Kurz: dem heute so strapazierten Gesellschaftsbegriff, inzwischen Forschungsgegenstand einer vielfach verzweigten Wissenschaft, entsprach um die Jahrhundertwende noch die ganz klare Vorstellung einer Hier-

archie - jedenfalls unter den Angehörigen der „société“. So erzählt Bertha v. Suttner in ihren sehr lesenswerten Lebenserinnerungen von ihrem fürstlichen Vormund, daß er die herrschende Ordnung als eine göttliche empfunden habe und eine geliebte Aristokratin nur deshalb nicht heiratete, „weil sie von Geburt aus nicht hoffähig war“. Da ließ er lieber den Mannesstamm seiner Familie erlöschen.
Es gab also ein „Oben“, Leute, die Rang, Namen, Besitztümer hatten (oder wenigstens eines davon) und damit automatisch zu Leitbildern für die nachgeordneten Schichten wurden, wenn es diesen schon nicht möglich war, selbst „dazuzugehören“. Ein Phänomen, das auch heute noch, zwei Generationen später, gut zu beobachten ist.
Einer Gesellschaft, der man selbst gerne angehört hätte, schadet die Karikatur, selbst als Sozialkritik, kaum, besonders wenn sie von Fritz Schönpflug (1873 - 1951), dem „charmanten Spötter“ (Karl Kraus), stammte, der zwar nichts übersah, aber nie ernstlich kränkte. Menschliche Schwächen der „Oberen“ machten liebenswert oder doch populär (was allerdings nicht das Hauptanliegen des Künstlers war). Schönpflug wußte, was er karikierte, denn er war von klein auf mit der

Gesellschaft (sogar mit der „ersten“) vertraut, da sein Vater als Rechtsanwalt unter anderem Vermögensverwalter eines Fürstenhauses war und der kleine Fritz dadurch selbst im Umkreis einer „hochherrschaftlichen“ Familie aufwuchs. Als zeitweilig aktiver Offizier war auch er „hoffähig“, denn schon Maria Theresia hatte, ebenso klug wie verpflichtend, ihren Offizieren diese sonst sehr schwer erreichbare Qualität verliehen. Von daher wird auch der gesellschaftlich prägende Charakter des altösterreichischen Offizierskorps verständlich. So ist es kein Zufall, daß Uniformen in dieser Bilderserie zahlreich vertreten sind.

Ohne ein „Adabei“ zu sein, konnte der (vorwiegend autodidaktisch ausgebildete) Künstler sich leicht und sicher in Kreisen bewegen, die ihm seine kritischen Bilder nicht einmal übelnahmen. Im Gegenteil: es ist überliefert, daß Kaiser Franz Joseph dem Karikaturisten anläßlich einer Ausstellung im Wiener Künstlerhaus (1909) schmunzelnd sagte: „Mir scheint, Sie werd' ich doch noch einmal einsperren lassen müssen“. Damit war Schönpflug durch die höchste gesellschaftliche Instanz des Reiches ebenso anerkannt wie toleriert.

Fritz Schönpflug war kein soziologischer Systematiker in der Art eines

Balzac oder Zola; ihm mangelte die theoretische Verbissenheit, alle Aspekte der »comédie humaine« zu erfassen. Er hatte sich seinem Verleger gegenüber nur verpflichtet, Bilder für Postkartenserien (monatlich 6 Karten, eine Norm, die er stets übererfüllte) zu liefern. Diese standen unbezeichnet oder nur fallweise betitelt unter einem bestimmten Thema, das Schönpflug selbst wählte. Obenan und unübertroffen rangierten da die sachgetreuen Bilder aus dem k.u.k. Militärleben (aber auch die Preußen kamen dran), dann Szenen und Typen aus den verschiedenen Gesellschaftskreisen, Nationen und Landschaften „Kakaniens“, unter denen ihn die »borderlands« („Halbasien“ nannte sie K. E. Franzos etwas generalisierend) besonders interessierten und deshalb seiner liebevollen Einfühlung sicher sein konnten.
Diese Bildpostkarten, einst zu Millionen in Mitteleuropa verbreitet, sind heute in kompletten Serien kaum noch erhalten. Wir verdanken es Frau Minna Pixner, der Tochter des zu seiner Zeit in Künstlerkreisen wohlbekannten und sehr geschätzten Kunstpostkartenverlegers Salomon Kohn, daß diese Bändchen nun vorliegen, denn sie konnte wenigstens Teile des väterlichen Archives retten, aus dem unsere Auswahl entstand.

U. E.

10. Juni 1943

1. Der neue Herr

2. Rezeption

3. Rückendeckung

4. Schnürlregen

5. Bordspiele

6. Bei der Kommandeuse

7. Das Auge sieht den Himmel offen

8. Der Jour

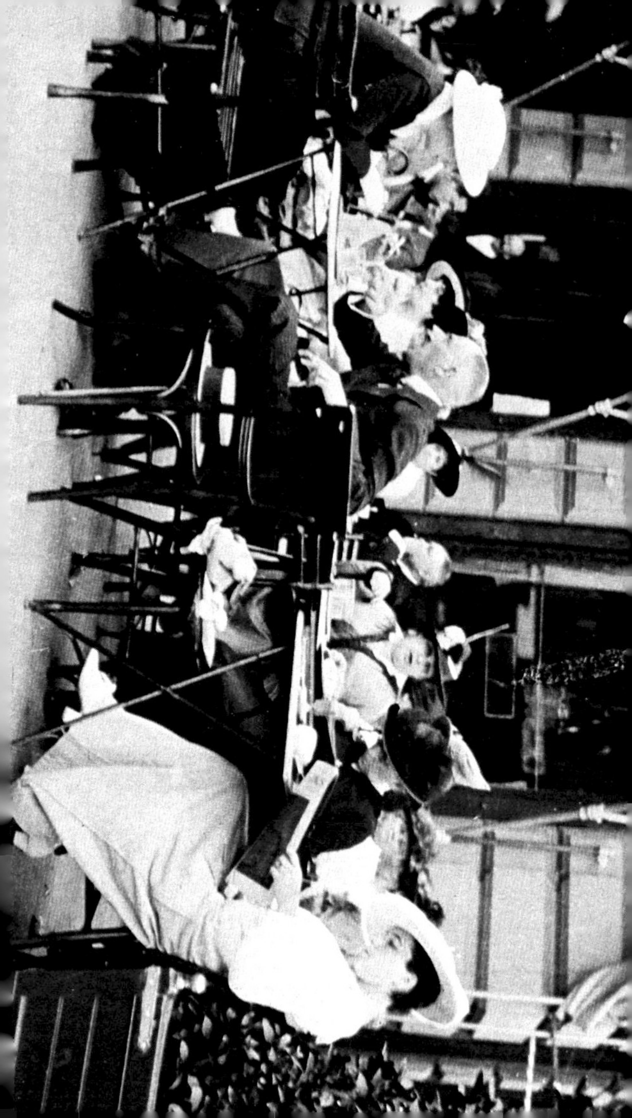

9. Terrainkur

10. Mixed Double

Das Mixed Double

11. Kaffeeflirt

12. Diner

13. Frische Brise

LLOYD AUSTRIA

14. Ball an Bord

Ball an Bord.

15. Für brave Kurgäste

16. Bund der Landwirte

17. Eislaufplatz

18. Rout

19. Das Konzert

20. Polka

21. Schottisch

22. Mein Spezielles!

23. Cancan

EN TIEBER'S
POLLO
KÜNSTLER THEATER
DIREKTION
ERBERT TRAU
1921

Kältetod kam – und rundum ein völlig anderes Wien, eine Stadt voll zukunftsoptimistischer, experimentierfreudiger, fast verbissener Arbeitswut.

Dieses andere, neue Wien nahm vom Rathaus seinen Ausgang. Am vom 4. Mai 1919 waren von den 16 Gemeinderäten nur noch 50 christlic sozial, 15 repräsentierten kleine Part en, und 100 waren Sozialdemokrate Diese sozialdemokratische Macht im Wiener Rathaus dauerte bis zum 12

64 65

24. Ich knüpfte manche zarte Bande

VARIETÉ
REKLAME
IEN II.
PRATERSTR. 34

54

durch heimkehrende Soldaten Zuwachs bekam. Hungerrationen: eineinhalb Kilogramm Brot und Mehl, ein Achtel Kilogramm Fleisch, meist Pferdefleisch, das war die Wochenration. Im Hotel Sacher, wo der schon zitierte britische Friedensverhandler Nicolson speiste, kostete die Mahlzeit 1200 Kronen. Eine Wiener Arbeiterfamilie brauchte in diesem Frühjahr 1919 für den wöchentlichen Lebensmittelbedarf 2540 Kronen, ein Jahr später schon das Doppelte. Die Inflation begann zu galoppieren. 1922 kostete der Wocheneinkauf 296.734 Kronen.
Die Löhne kamen nicht nach; im

ZUR ERLÄUTERUNG

1. Der neue Herr (689—4)*)
Neue Besen kehren gut, sagt man und meint damit neue Vorgesetzte. Hier läßt sich ein solcher, vielleicht Bezirkshauptmann oder Departementchef, „seine Leute kommen" und vorstellen. Die halten gebührenden Respektabstand, blicken aber nicht alle unkritisch, denn es gilt neue Eindrücke und aus ihnen eventuell eine geänderte dienstliche Einstellung zu gewinnen. Der neue Herr stellt die Bedeutsamkeit seiner Person routiniert dar, wenn auch mit jener Spur Selbstironie, die ein sympathischer Charakterzug der höheren k.k. Beamten war. „Also spielen wir Theater, spielen unsere eignen Stücke . . . ". Dieser nur relative Ernst, verbunden mit absoluter Pflichttreue und einem gut dosierten Talent zum Umgang mit Menschen verschiedener Nationen, war eine gewichtige Erfolgsursache des altösterreichischen Beamtentums. Dem Anlaß der Vorstellung des Personals entspricht der Gehrock mit hohem Stehkragen oder die dunkelgrüne Beamtenuniform. Eine Dreiergruppe stellen im Amt ergraute Männer: Konzipisten, Revidenten, Adjunkten; der junge Herr ganz rechts dürfte seiner Erscheinung nach nicht auf die Beamtenkarriere angewiesen sein, vermutlich ein „Konzeptionspraktikant". Die zivile Verwaltung der Donaumonarchie war eine ebenso unauffällige wie erfolgreiche Leistung ihres multinationalen Beamtenapparats. An ihm lag es nicht, daß dieses Reich schließlich doch auseinanderfiel.

2. Rezeption (543—1)
Wer zur Kur reist, kann mit freundlicher Aufnahme rechnen, besonders dann, wenn er nicht privat „Wohnung nimmt", sondern im Kurhotel „absteigt" (nämlich vom Pferdegespann). Hier bemüht sich der Direktor persönlich um den Empfang hochwohlgeborener Gäste, d. h. sie sind nicht „hochgeboren", sondern etwas weniger als das, vielleicht Industrielle oder Großkaufleute, jeder ein Typ für sich: der eine behäbig-französisch (oder innerösterreichisch, aber auch russische Minister konnten so aussehen), der andere als englischer Sportsmann. Kritisch scheinen beide zu sein, vielleicht machen sie auch nur beim beliebten Ratespiel „Wer bin ich?" mit. Dabei konnte es dann manche Überraschung geben, denn Bäder besuchte man gern inkognito. Wie schön, wenn sich dann so nach und nach ein ganz charmanter Gesellschafter als leibhaftiger Prinz herausstellt. Inkognito zu reisen war seit dem Aufkommen der „Kavalierstour", einer Bildungsreise junger Aristokraten unter Begleitung ihres Hofmeisters durch die europäischen Länder, beliebt. Da sie bei dieser Gelegenheit auch „das Leben selbst" kennenlernen sollten, das hohe Abkunft nicht immer berücksichtigte, erwies sich das Auftreten unter Decknamen probat. (Kaiser Joseph II. z. B. pflegte inoffiziell als Graf v. Falkenstein aufzutreten; als solcher besuchte er seine Schwester Antoinette in Paris und besah sich dabei auch Spitäler und Armenhäuser aus einer Nähe, die ein Staatsbesuch nicht zugelassen hätte).

3. Rückendeckung (828—9)
Diese Szene ist „gestellt" und kann nur in einer bissigen Militärkomödie vorkommen, denn ein k.u.k. General trug zur Uniform niemals eine Wolldecke um die Schultern, mochte der Morgen auch noch so kühl sein. Da blieb man eben in der Halle oder zog die sehr kleidsame Uniformpelerine über. Und sollte die junge Dame mit dem Herrn nicht verwandt oder verschwägert sein, dann war zum gemeinsamen Frühstück sowieso Zivil geboten. Wie streng wird die Bildzensur im alten Österreich wohl gewesen sein, wenn solche Darstellungen, die schon jenseits des kommentmäßig Möglichen liegen, auf Kunstpostkarten in alle Welt hinausgehen konnten? Ein Zweistern-General, also Feldmarschall-Leutnant oder Feldzeugmeister, gehörte immerhin zu den Spitzen der Gesellschaft, war mit „Exzellenz" anzusprechen und hatte auch so untadelig vorbild-

*) Die Nummern in der Klammer entsprechen den Verlagsnummern der Originalkarten, die, zu ihrer Zeit in großen Mengen verbreitet, heute gesuchte Desiderate darstellen. Sie wurden in thematisch abgestimmten Serien zu je 6 bis 12 Bildern hergestellt.

lich in der Öffentlichkeit zu erscheinen, wie es einem Korps- oder Divisionskommandanten zukam.

4. Schnürlregen (546—2)
„So ein Wetter", empören sich die Kurgäste, obwohl sie doch wissen, daß der „Schnürlregen" zu den Attraktionen des Salzkammerguts gehört. Bad Ischl, wo wir uns nämlich befinden (der trübe, sonst herrlich grün schimmernde Fluß ist die Traun) wurde durch seine Sole der Hauptort einer der reizvollsten Alpenlandschaften und seit dem Biedermeier, als der Balneologe Wirer v. Rettenbach den uralten Salzbau- und Marktort für Heilzwecke erschloß, ein vielbesuchtes Modebad mit Kurhaus, Trinkhallen und einer Schar berühmter Gäste. Aber nicht nur die Fremden, auch die Einheimischen gehörten vielfach der „ersten" Gesellschaft an, gar dann, als Kaiser Franz Joseph (seit 1854) hier seine Sommerresidenz nahm. Die Kaiservilla, später die Schrattvilla und die zahlreichen Landhäuser sonstiger Prominenz zogen — und ziehen bis heute — Kurgäste und Touristen aus aller Welt an (denn diese ganze, heute schon unwirklich anmutende Pracht wird traditionsbewußt und liebevoll weiter gepflegt). Aber just dann, wenn man einen Ausflug machen oder wenigstens auf der „Esplanade" Korso halten wollte, gibt's schon wieder Schnürlregen (der doch in einer Bergseenlandschaft ganz natürlich ist). Also schimpft man in alpinistischer oder städtischer Regenkleidung mit Schirm und hochgeschlagenen Hosenstulpen, und ein „pudelnasser" Hund zieht traurig den Schweif ein. So wird man zum „Zauner", in die berühmte Konditorei, flüchten müssen, zu viel Zucker und Schlagobers, und warten, bis wieder die Sonne scheint. Sie kommt sicher bald hervor — spätestens am Tag der Abreise.

5. Bordspiele (561—5)
Österreich-Ungarn reihte sich erst spät unter die Seemächte ein, und auch dann war seine Rolle vergleichsweise bescheiden, da sie im wesentlichen auf das Mittelmeer beschränkt blieb. Man hatte mit Venedig, Triest und Fiume alte Seefahrertraditionen geerbt, deren die Monarchie allerdings nicht lange froh wurde, denn Venedig, erst 1815 im Wiener Kongreß gewonnen, war 1866 schon wieder verloren. Es mußte, trotz Tegetthoffs Seesieg bei Lissa, an das neu gegründete Königreich Italien abgetreten werden. Ein Geschenk Preußens an den südlichen Verbündeten. Triest verblieb als kaiserlich-österreichischer, Fiume als königlich-ungarischer Seehafen bis 1918 bei der Monarchie. Unser Bild zeigt im Hintergrund die gemeinsame österr.-ungar. Seeflagge. Es ist ein Schiff des „Österreichischen Lloyd", der ursprünglich als Seefrachtversicherung, dann als Aktiengesellschaft für Levantefahrten (1836) gegründet worden war und erst 1892 in das große Touristikgeschäft einstieg. (Edward Lloyd, nach dem sich viele Schiffahrtsgesellschaften benannten, hatte — zunächst als Cafétier -- schon um 1700 ein Handelsblatt für Seefahrtsgeschäfte mit klassifizierenden Schiffsregistern herausgegeben und die Seefahrtversicherung begründet, die unter seinem Namen heute einen riesigen Konzern darstellt). Der Begriff „Sozialtourismus" war um die Jahrhundertwende noch unbekannt, also konnte sich Hochseereisen nur die „besitzende Klasse" leisten.

6. Bei der Kommandeuse (879—4)
Je entfernter eine Garnison von den Haupt- oder Großstädten lag, umso mehr gesellschaftlichen Ehrgeiz entwickelten die in der Einsamkeit stationierten Regimenter. Notwendigerweise: denn Truppenverlegungen hatte man stets zu gewärtigen, und einen gewissen Standard mußte eben jede militärische Einheit zu halten wissen. Wie der Oberst und Regimentskommandant die militärische Ausbildung überwachte, so die Frau Oberst die gesellschaftliche Haltung der jüngeren Offiziere und Offiziersanwärter. In dieser Rolle konnten die oft recht resoluten „Kommandeusen" mehr gefürchtet als beliebt sein, denn auch die außerdienstliche Erscheinung der jungen Herren wurde qualifiziert. Man kann es den zwei Jünglingen vom „meergrünen" I.R. 70 in Peterwardein, der alten Grenzfestung gegen die Türken (heute Stadtteil von Novisad in der serbischen Woiwodina), gut ansehen, wie gehemmt sie sich fühlen. Aber trotz devotesten Sitzens der beiden am äußersten Stuhlrand scheint Frau Oberst noch nicht zufrieden zu sein; ungnädig deutet sie mit der Lorgnette auf einen wohl nur ihr erkennbaren *fauxpas,* was offenbar die Herren wieder in Bestürzung versetzt. Man kann annehmen, daß sie sich nach dieser *séance* in ausgiebigeren Mengen stärken werden als sie ihnen die Kommandeuse zugemessen hat.

7. Das Auge sieht den Himmel offen (578—4)
Der Herr Kommerzialrat mit der blütenweißen Weste hat offenbar vor, einen „Jour" mit seiner Anwesenheit zu beehren. Die Toilette ist schon gemacht, nun erhalten die fleißigen Hände den letzten

Schliff der Maniküre. Und wenn die fingerpflegende Dame so frisch und frei wie hier gekleidet ist, wird der Bildtitel ganz verständlich. Kommerzialräte pflegten nicht der *société* anzugehören, wohl aber konnten ihre Töchter dorthin Karriere machen, denn diese galten als gute Partien für manche Träger berühmter Namen und geringer Vermögen. Die jungen Herren aus alten Familien waren ja an Großzügigkeit oft nicht leicht zu übertreffen und hatten deshalb „Rangierungen" nötig. Dann gab es noch die vielen feschen Offiziere, die ohne (schwiegerväterliche) Riesenkaution überhaupt nicht heiraten durften. Was da alles daraus werden konnte, ist bei Fontane oder Saar nachzulesen, aber mit entsprechenden Mitteln gestützt, ging auch wieder vieles gut aus — wenigstens für den Anfang.

8. Der Jour (370—6)
„Wann empfangt die Melanie?" Diese Frage war auf den Jour, einen bestimmten Wochentag, bezogen, an dem man regelmäßig, ohne Einladungen zu „erlassen", Gäste empfing, die auch ihrerseits noch nicht „eingeführte" Freunde mitbringen konnten. Dieser gesellschaftliche Brauch stammte aus der Zeit der „Salons", die in Mitteleuropa, das im vorigen Jahrhundert schon oder noch ein fester Begriff war, von Berlin, Wien oder Prag aus, Kulturgeschichte machten. In Frankreich bestanden sie schon seit dem 18. Jahrhundert, damals noch auf Adelskreise beschränkt, in denen sich aber „interessante" Bürgerliche, etwa Künstler und Gelehrte, gleichberechtigt fühlen konnten. In unseren Breiten begann's erst im Biedermeier so richtig, als dem Bürgertum öffentliches Wirken versagt blieb, worauf man im Innenraum tätig wurde. Daraus entwickelte sich allmählich eine Salonkultur, die bis über die Jahrhundertwende blühte. Der Zusammenbruch des alten Europa im Ersten Weltkrieg beendete auch diese Ausdrucksform des Gesellschaftslebens. Wenn in ihr auch Klatsch und gleichgültige Konversation blühten, so galt es doch als Kunst der einladenden *Dame* des Hauses (der Hausherr steht bescheiden hinter ihr) die „richtigen" Leute zusammenzubringen, die nicht nur interessante Gespräche verhießen, sondern bei solchen Gelegenheiten auch untereinander wichtige Kontakte aufnehmen oder pflegen konnten. Der Jour war an keine Uhrzeit gebunden, fand aber jedenfalls bei Tageslicht statt; deshalb auch die sogenannte „Straßenkleidung" der Gäste. Heute wird er durch das *open house* ersetzt.

9. Terrainkur (361—5)
Viel mehr als in unserer Zeit waren vor hundert Jahren Heilbäder gesellschaftliche Treffpunkte, in denen nicht nur in den Tag gelebt, sondern auch Politik, sogar Geschichte gemacht wurde (in Bad Ems z. B. entstand der Deutsch-französische Krieg von 1870/71). Viele Heilbäder lassen sich auf die römische Bäderkultur zurückführen, andere wurden erst später erkannt und erschlossen. Man mußte nicht sehr leidend sein, um Bäder zu „gebrauchen", denn ein Kuraufenthalt war immer richtig. Halfen die mineralischen Quellenwässer, heiß, warm oder kalt, wirklich: umso besser. Aber manche „Leiden" entstammten nur der Langweile oder gestörtem Seelenhaushalt, dem ohne Psychoanalyse nur durch Abwechslung beizukommen war. Eine wichtige Leidensursache waren freilich ungehemmte Tafelfreuden, die den *embonpoint,* also Dickleibigkeit, nach sich zogen. Diesen Patienten wurden außer ungarischem Bitterwasser oder Karlsbader Sprudel (siehe die umgehängten Trinkbecher) auch ausgiebige Spaziergänge in der meist reizvollen Landschaft verordnet: die Terrainkur. Daß ebenso reizvolle „Schrittmacher", wie auf unserem Bild, nicht ärztlich verordnet und Bestandteil gezielter Therapie waren, versteht sich. Sie vermochten aber doch zur Intensivierung der Beweglichkeit beizutragen und waren jedenfalls gern gesehene Anziehungspunkte im Kurbetrieb.

10. Mixed Double (923—1)
Während das ganze 19. Jahrhundert hindurch eigentlich nur Reiten und Fechten (dann wohl noch Schwimmen und Eislaufen, aber doch sozial untergeordnet) gesellschaftlich anerkannte Sportarten waren, so wehte gegen die Jahrhundertwende der „moderne" englische Geist, der ja auch Technik und Industrie des Agrarstaates Österreich-Ungarn beschwingt hatte, manche neue Form des Körpertrainings herüber. Boxen und Fußball überließ man zwar gern der „arbeitenden Klasse", aber Tennis war akzeptabel. Und so, wie es Schönpflug hier darstellt, ging es anfangs wirklich zu: nicht im tierischen Ernst der Professionals, sondern verspielt, unverbindlich. Die angemessene Kleidung und das richtige (heute ganz antiquiert wirkende) Racket waren wichtiger als die gewonnenen Sätze. Gezählt wurde natürlich englisch, wenn man auch sonst kein Wort verstand, denn noch war Französisch die erste Fremdsprache der Gesellschaft. Der gemütlich im Spielfeld sitzende Schiedsrichter erwartet weder Sprints noch Sprünge von den Akteu-

ren, denn die folgen dem unwiderstehlichen Drang zum Netz. *Longpasses* sind nicht zu befürchten, es sei denn, sie passierten unabsichtlich. Tennis spielte man in Europa schon einmal im späten Mittelalter. Den Ball hat man bereits damals mit der *rachetta* über ein Netz geschlagen, allerdings in Hallen (oder Tennen), erst im 18. Jahrhundert auch auf Grasplätzen im Freien. Die heute übliche Form wurde gegen 1900 verbindlich, seit der Davispokal für Wettkämpfe (zunächst nur zwischen England und Amerika) gestiftet war.

11. Kaffeeflirt (822—6)
Ein Idyll unter Sonnenschirm mit Blumenmuster. Gepflegte Menschen, gepflegte Unterhaltung. Die jungen Damen in geschmackvoller Kleidung mit mächtigen Federhüten, die, in der Farbe auf die Kleider wohl abgestimmt, den Reiz ihrer Erscheinung noch erhöhen. Sie passen beide gut zu den jungen Offizieren, die als Oberleutnants doch schon gestandene Männer sind und sich als solche auch behaglich darstellen. Der eine ist vom Salzburger I.R. 59 („Erzherzog Rainer", orangegelb), aber in Linz stationiert, der andere vom Divisions-Artillerie-Reg. Nr. 40 „allhier", das sich aus Tirol ergänzte. Es war ein probates System, Garnison und Ergänzungsbezirk voneinander räumlich zu trennen, besonders seit Revolutionen und Nationalitätenhader den Bestand des Reiches gefährdeten. So waren auch schon die alten Römer vorgegangen: in unserer Gegend stand damals eine Legion aus Vorderasien. Das Gespräch des Quartetts scheint nicht allzu tief zu gehen, man ist guter Laune, und ein kleines happy end ist in Sichtweite. Mit dem großen Glück — der Eheschließung — war für Subalternoffiziere und ihre Damen nicht so leicht zu rechnen, denn dazwischen war die Hürde der an eine unglaublich hohe Kaution gebundenen Ehebewilligung zu nehmen, die vor dem 30. Lebensjahr fast nie erteilt wurde. „Natürlich waren unter diesen Umständen Konkubinate aller Schattierungen samt ihren Folgen an der Tagesordnung" und der gesellschaftliche Jammer oft groß. Hoffen wir also, daß die beiden jungen Damen von „guten Eltern" sind, wie man damals beziehungsvoll sagte, sonst könnte aus dem Idyll ein Unheil werden.

12. Diner (370—2)
Hier ist die vornehme Welt noch ganz heil, das beweisen schon die stolzen Mienen des uniformierten Personals, dem ein noch gravitätischerer Obermann (rechts, Frack mit goldener Umschlagstresse) vorsteht. An dieser Tafel diniert zweifellos die *société,* die sogar Schönpflug nur zart ironisiert. Alles zeigt sich untadelig verhalten und steif bis gelangweilt, in Kleidung und Gesichtsausdruck der Situation angemessen. Der Exzellenzherr am Präsidium wird gleich eine Tischrede halten. Zeit genug ist ja dazu, denn ein „großes" Diner (zwischen 15 und 17 Uhr) hatte mindestens sieben Gänge zu bieten: Suppe, Hors d'oeuvre, Entrée (ein Fleischvorgericht), Relevé (pikantes Zwischengericht zur neuerlichen Appetitanregung), Entremets (kleine Speisen zur Auflockerung), schließlich Braten und Dessert. In Frankreich fand diese Hauptmahlzeit des Tages erst zwischen 17 und 19 Uhr statt und wurde damit zum Dîner-souper (= „spät fallendes Mittagsmahl"). Festliche Garderoben erhöhten bei solchen Veranstaltungen eines geschlossenen Kreises den Ausdruck der gegenseitigen Wertschätzung. Sie wurden schon in der anspruchsvoll gestalteten Einladungskarte verpflichtend empfohlen.

13. Frische Brise (561—6)
Eine Seefahrt ist nicht immer lustig, auch wenn sie noch so teuer ist. Wird der Wellengang, wie hier, zu heftig, dann tritt bei vielen „Landratten" unvermeidlich die Nausea (Seekrankheit) auf. Sie ist die Folge der Reizung des Gleichgewichtsorgans, die durch Schwankungen des Bodens hervorgerufen wird und alle möglichen Formen von Übelkeit bewirkt, wie uns Schönpflug hier zeigt. Der seegewohnte Matrose hat gut lachen und Erfrischungen anbieten; er wird sie nicht loswerden. Der über die Reling gebeugte Herr ist sichtlich kein Seemann, sondern nur als solcher gekleidet. Diesen Luxus der „Rollenkleidung" hat man sich damals gerne geleistet, nur schützte leider auch er nicht vor der Seekrankheit. Da ist nur zu hoffen, daß Wind- und Meeresgötter sich wieder besänftigen lassen oder der nächste Hafen bald in Sicht kommt, denn das Wellenbild deutet immerhin auf Windstärke 5.

14. Ball an Bord (561—4)
Die See hat sich wieder beruhigt, der geplante Ball kann also stattfinden. Noch ist es sommerlich taghell, aber schon wird in festlicher Kleidung nach den Klängen der Bordkapelle getanzt. Die große Flaggengala unterstreicht die Bedeutung des Festes, das eine neue Abwechslung auf der langen Reise bietet. Der „Österreichische Lloyd" befuhr ja nicht nur die Adria, sondern veranstaltete auch Mittelmeerkreuzfahrten nach Ägypten und bis ins Schwarze Meer. Mit seinen 76 Passagierdampfern

bot er verschiedenartigste Seereiseprogramme, unter denen es sogar Fahrten nach Japan gab. Geschäft war das allerdings keines, im Gegenteil, die Passagierfahrten mußten staatlich hoch subventioniert werden, aber immerhin hatte die Sache Prestigewert, und dafür waren eben Opfer zu bringen. Zu wirklicher Seegeltung kam Österreich nie; dafür war die Zeit des Küstenbesitzes zu kurz und die Tonnage zu klein. Mit dem Untergang der Monarchie war das restliche Österreich (aber auch Ungarn und die Tschechoslowakei) wieder Binnenstaat, und die lachenden Erben hießen Italien und Jugoslawien.

15. Für brave Kurgäste (359—1)
Unter den Weltkurorten, in denen man wirklich „die Gesellschaft" bestaunen konnte, erfreute sich das nordböhmische „Bäderdreieck" Karlsbad — Marienbad — Franzensbad besonderer Beliebtheit. Als „Schmuckkästchen" unter ihnen galt wegen seiner reizvollen Umgebung das schon im 16. Jahrhundert bekannte Marienbad (Máriánské Lázně), ein Pflegekind des Prämonstratenserstifts Tepl. Die Herren Patres erschlossen seit 1749 nach und nach sieben öffentlich zugängliche Quellen, darunter den Kreuzbrunnen (gegen Fettleibigkeit) und die „Prälatenquelle". Außerdem gab es hier ein Stadttheater und ein berühmtes Kurorchester, bei dessen Konzerten, wie zeitgenössische Aufnahmen zeigen, ein geradezu beängstigendes Gedränge herrschte. Dieser „Perle der böhmischen Weltbäder" gab, wie ein Berichterstatter um die Jahrhundertwende erzählt, „ein zahlreiches, feines Publikum aus aller Herren Ländern . . . ein immer festliches Gepräge". Einen Hauch davon strömt auch unser Bild aus. Wer brav seine Kurwässer getrunken und seine Terrainkur absolviert hatte, konnte guten Gewissens ein Auge in Richtung unserer drei Quellnymphen riskieren, die durchaus keinen leidenden Eindruck machen, wie sie so vor dem Café „Egerländer" oder vorm „Rübezahl" sitzen, schlank und hochelegant — und nicht gerade schüchtern. Welcher Gesellschaft sie wohl angehören mögen?

16. Bund der Landwirte (597—3)
Unter diesem bescheidenen Vereinsnamen waren nicht etwa Kleinbauern zusammengefaßt; der Bund war vielmehr die politische Interessenvertretung des Großgrundbesitzes (1893 in Berlin gegründet), also vorwiegend der sogenannten „ostelbischen Junker" (kein Kosename). Kleinbäuerlich sehen die anscheinend recht trinkfesten Herren auch nicht aus, die einander monokelbewehrt ihre Verbundenheit ausdrücken und dabei handfeste politische Forderungen diskutieren. Man ist zwar im Reichstag vertreten, aber nur mit wenigen Mandaten, also wird man Mehrheitsparteien für die eigenen Ziele gewinnen . . . (Getreideschutzzölle, Blockierung von Außenhandelsverträgen u. ä.). Die Herren gehören zweifellos genauso der Gesellschaft an wie ihre österreichischen Kollegen, die sich unter dem offeneren Namen „Verfassungstreuer Großgrundbesitz" konstituiert haben. Beiden gemeinsam war die schroffe Ablehnung des näherrückenden allgemeinen Wahlrechts, das eine politische Dominanz der „Social-Demokraten" dort und der „Christlich-Socialen" hier befürchten lassen mußte. Den von Schönpflug mit höchster Treffsicherheit Karikierten erstanden zu deren Ingrimm auch in den noch „guten" Zeiten durch die von Westfalen ausgehenden „Bauernvereine" (das waren wirkliche Bauern) gefährliche und erfolgreiche Konkurrenten in der eigenen Branche. Die Freude darüber ist den „Landwirten" ganz gut anzusehen.

17. Eislaufplatz (556—7)

O Jüngling, der den Wasserkothurn
zu beseelen weiß und flüchtiger tanzt,
Laß der Stadt ihren Kamin! Komm mit mir,
Wo des Kristalls Ebne dir winkt!

Das hatte einst Klopstock gesungen. Zwischen seiner und jener Zeit, da Österreich Weltmeister im Eiskunstlauf stellte, spielt unsere Szene. Wir befinden uns in der Teichlandschaft um die nordmährische Bischofsstadt Olmütz. Dieser topographische Befund stützt sich auf die dort stationiert gewesenen Regimenter. Hier erscheinen die Damen im „sportlichen" Eiskostüm mit Pelzmütze und Muff ebenfalls recht uniform. Das Eislaufzivil der Herren wirkt dagegen etwas improvisiert. Militärische Hocheleganz zeigt der Dragoneroffizier (Liechtenstein, Nr. 10) in Pelz und Salonhose, bürgerliche Behäbigkeit kennzeichnet den Hauptmann vom I. R. 18 (Erzherzog Leopold Salvator), der schon allen Grund zum Fitnesstraining hat; er obliegt ihm auch ganz gemütlich zu den Klängen seiner Regimentskapelle. Der Kleine links mit seiner Mama spielt nicht etwa Soldat, er ist wirklich einer, nämlich ein „Fisoler" (Fisolen waren offenbar typisch für die ärarische Internatskost), also einer der rund 1000 Militär-Unter-Realschüler, die außer den üblichen Schulgegenständen auch die militärische Grundausbildung genossen. Damals

„genoß“ man nach Ansicht der Lehrer noch jeglichen Unterricht. Es bestanden vier solche Schulen (Güns, St. Pölten, Eisenstadt, Kaschau) und eine Militär-Ober-Realschule in Mährisch-Weißkirchen, wo es noch martialischer zuging. Die Zöglinge strebten ja auch zumeist die Offizierslaufbahn an.

18. Rout (370—3)
Wie sich die Bilder gleichen! Wer heute einen jener „Empfänge“ erlebt, bei dem das Buffet die Hauptrolle zu spielen scheint, könnte meinen, ein strenges Fastengebot sei just in diesem Moment aufgehoben worden oder die lieben Gäste wären Hungerleider von Beruf. Und auch heute richten Übergierige kleine Schäden an, die das livrierte Personal in Erstaunen versetzen. *Rout* ist ein antiquierter englischer Ausdruck, ursprünglich für einen Volksauflauf („Zusammenrottung“), dann für „große Zusammenkünfte der vornehmen Welt“ (so der „Meyer“, 5. Aufl. 1894, das „Nachschlagewerk des allgemeinen Wissens“. Der Brockhaus von heute ist da schon kürzer: „ein großer Abendempfang“). In diese vornehme Welt — immerhin trägt alles Frack — mischten sich offenbar schon zu Schönpflugs Zeiten Meister im Vorbeibenehmen; ihm fiel das noch auf, wir sind da schon gelassener geworden, denn die soziale Mobilität des Fortschrittszeitalters ergibt noch ganz andere Bilder, die jene alte Wortbedeutung zu rechtfertigen scheinen.

19. Das Konzert (827—3)
Wenn man in Leutschau „garnisonierte“, und das tat das „apfelgrüne“ I. R. 85 zu jener Zeit, mußte man schon selbst Gesellschaften geben, um Abwechslung in das zwar uralte, aber kleine Zipser Städtchen in der Tatra (heute Levoča, Slowakei) zu bringen. Das hier ist eine musikalische Regimentssoiree, bestritten vom Offizierskorps und seinen Damen. Musikalisch scheint nur der Sänger selbst, „accompagniert“ vom Musikfeldwebel, zu sein. Der Oberst und Regimentskommandant schaut recht skeptisch drein, die „Kommandeuse“ (Frau Oberst) zu seiner Linken prüft den singenden Leutnant kritisch durch die Lorgnette, die Excellenz im Vordergrund schliefe gern, aber dazu ist es zu laut; und schon in der zweiten Reihe wird munter geplaudert. Aufmerksam dagegen ist des Herrn Obersten Tochter (wahrscheinlich muß sie dann auch singen) und der schnauzbärtige Hauptmann neben ihr, der wohl die Conference zu führen hat. Wie bescheiden solche Veranstaltungen auch ausgefallen sein mögen, sie brachten doch etwas wie kulturelle Aktivität in den öden Friedensdienst einer entlegenen Garnison, deren es sehr viele in ganz Europa gab. In unserer Zeit ist auch diese Szene kaum mehr denkbar; dazu ist unsere kulturelle Passivität durch technischen Medienfortschritt schon zu perfektioniert.

20. Polka (451—6)
Welcher Gesellschaft dieses munter hüpfende Paar einzuordnen wäre, ist nicht ohne weiteres klar. Der Frack ist zwar vorhanden, aber er will nicht recht zur Schuhnummer passen, könnte also geliehen sein. Ein temperamentvoll beschwingter „Zwicker“ (im Norden auch „Kneifer“ genannt, denn er kniff die Nasenwurzel) deutet auf Intelligenzia. Die Dame wirkt mittelfein, spreizt sorgsam die kleinen Finger und springt wacker mit. Das verlangt die Polka allerdings auch als „Rundtanz“ im Zweivierteltakt. Sie stammt trotz ihres Namens nicht aus Polen, sondern aus Böhmen *(pulka:* tschech. halb, Halbschritt) und kam vor rund 150 Jahren auf. Man kennt sogar den Namen der Erfinderin: das „Landmädchen“ Anna Šlesák aus Elbeteinitz (Tynec nad Labem) in der Koliner Gegend. Von Prag aus über Wien nach Paris und schließlich in ganz Europa sich rasch verbreitend, machte sie bald dem Walzer als bis dahin einzigem körpernahen Drehtanz Konkurrenz. Da auch der Walzer in der „höheren“ Gesellschaft zunächst als anstößig abgelehnt wurde (in Preußen z. B. war er als Hoftanz verboten), wird es der Polka nicht anders ergangen sein. Der Bildbefund könnte also lauten: Dorflehrer mit Kaufmannstochter.

21. Schottisch (451—4))
Die jungen Offiziersanwärter (hier ein Fähnrich vom Wiener „Hausregiment“ Hoch- und Deutschmeister Nr. 4) wurden aus Gründen des gesellschaftlichen Schliffs, aber auch um das Pflichtbewußtsein zu üben, im Fasching zum Ballbesuch eingeteilt. Da gab's stets Einladungen, sogar Freikarten, mit der Auflage, ohne Begleitung zu erscheinen, denn Damen sind bei solchen Anlässen oft in der Überzahl, und Mauerblümchen sollte es nicht geben. Daher also Pflichttänze, die gequält und oft wortlos absolviert wurden. Auch unserem Paar kann man keine rechte Freude anmerken. „Schottisch“ (wer fein war, sagte „Écossaise“) war ein schneller Zweivierteltakter (in

Deutschland auch Hopser genannt), der „stärkeren" Damen wohl zu schaffen machen konnte. Als Musikstück, etwa von Beethoven, Schubert oder Chopin, hörte er sich trefflich an, zu tanzen war er schon schwerer. Gekniffen durfte aber nicht werden, dafür sorgte schon der verläßlich anwesende „Fähnrichsvater", ein jüngerer Ausbildungsoffizier, der (ähnlich dem studentischen Fuchsmajor) aus Knaben Männer zu machen hatte. Der Begriff „Pflichttanz" erscheint durch das Bild ausreichend definiert.

22. Mein Spezielles! (842—3)
Keine Gesellschaft ohne „Alte Herren" (A.H.A.H.), die seit den Studententagen ewig jung gebliebenen Akademiker, auch wenn sie längst Hofrats-, Professoren- oder ähnliche Titel trugen. Mochten sie auch im Beruf „philiströs" oder verknöchert wirken, „unter sich" nahmen sie unweigerlich jugendliche bis kindliche Züge an. Was heute belächelt oder doch mindestens skeptisch beurteilt wird, das alte studentische Brauchtum, war durch Jahrhunderte lebendig und prägend. Mochte am Ende schon für fragwürdige Ideale eingetreten worden sein: Studenten waren stets auf der Seite der Freiheit zu finden, wie fast jede Hochschulgeschichte beweist. Unsere beiden Alten Herren erweisen einer traditionsreichen Trinksitte gemäß einem Kommilitonen in strammer Haltung ihre Reverenz. Den Farben nach müßten sie der Straßburger „Alsatia" angehören, wenn Schönpflug nicht frei improvisiert hat. Sie tragen Band und Mütze, der vordere einen sogenannten „Stürmer" (= „Österreichermütze" nach dem in Radetzkys Armee beliebten Offizierskappenmodell) und den „Bierzipf" anstelle einer Uhrkette. Das „Band" (in „großer Couleur" die Schärpe) galt als Rest des ursprünglichen Wehrgehänges. Außer „Standesherren" und später Offizieren durften ja nur Studenten schon im Mittelalter Waffen tragen. Sie machten auch fleißig davon Gebrauch, teils in kommentmäßig abgeführten Mensuren, teils auch in wilden Schlägereien (die Hiebwaffe hieß wirklich „Schläger"). Im gesitteten 19. Jahrhundert trat die „Bestimmungsmensur" mit Sekundanten und Testanten unter ärztlicher Aufsicht als persönliche Mutprobe unter den „schlagenden" Verbindungen hervor. Die scharfen Klingen erzeugten „Schmisse", die stolz zur Schau getragen wurden. „O alte Burschenherrlichkeit . . ."

23. Cancan (451—3)
Das war zweifellos der wildeste unter den (in Frankreich) öffentlich zugelassenen Tänzen. Er stammte aus Algerien, sein Name bedeutet „Geschnatter" und meint damit ungezügeltes Tun. In Paris tanzte man ihn auch im Freien auf den *bals publics,* und das waren nicht die feinsten, trotz vornehmer Accessoirs unseres Paares. In Wien hätte man die zwei damals schon zur „G'sellschaft" gezählt (aber da tanzte man ihn nicht). Dafür haben sie Schwung und Tempo, gewaltiges, „rasendes" sogar, weshalb auch Sachs-Villattes „Encyclopädisches" Wörterbuch des Französischen (revid. Ausg. 1905) diesen Tanz ausdrücklich als „unzüchtig" bezeichnet. Der damalige große „Meyer" spricht sogar von „allerlei mutwilligen, ins Unanständige und Unzüchtige ausartenden Abweichungen in Touren, Gebärden und Bewegungen". Der bewegungssehnsüchtige Maler Toulouse-Lautrec hatte freilich seine Freude an solcher tänzerischen Ausgelassenheit. Der Cancan dürfte sich aber für den Publikumsgebrauch auf die Dauer als zu anstrengend erwiesen haben (gesellschaftsfähig war er sowieso nicht), denn man mußte für solche Sprünge, die sich wirklich nicht jeder leisten konnte, hervorragende Kondition besitzen. So wurde er den Revuetänzerinnen überlassen, und in dieser Beschränkung sehen wir ihn heute auch noch gern.

24. „Ich knüpfte manche zarte Bande . . ." (824—9)
Dieser Typ des „alten Steigers", der Zutritt in die Ballettgarderoben hat, kann nicht selten gewesen sein, sonst wäre er Schönpflug nicht aufgefallen und von ihm karikiert worden. Tadellose Abendkleidung, Zylinder, Monokel: der Herr gehört zweifellos der „Gesellschaft" an, und so könnte man sich auch den legendären Altgrafen Bobby vorstellen: während des Ballettabends in der Loge, vorher und nachher in der Garderobe der Schönen und schließlich beim Souper in einem der bekannten Separées nächst der Oper. Solche Vergnügungen waren kostspielig und gingen nicht immer zum Vorteil der „Angebeteten" aus. Aber auch dieser, vielleicht ganz harmlose Voyeur und „Ästhet" hat in seiner Art 1918 zum Volkszorn beigetragen. Erst der machtlose Bobby galt als harmlos; er konnte in seinem Unverständnis für den neuen Staat sogar wieder charmant wirken; aber seine Zeit war jedenfalls vorbei.